古韵今神

张景华 著

四川文艺出版社

图书在版编目（CIP）数据

古韵今神 / 张景华著. —成都：四川文艺出版社，2018.9
ISBN 978-7-5411-4908-5

Ⅰ. ①古… Ⅱ. ①张… Ⅲ. ①诗词—作品集—中国—当代 Ⅳ. ①I227

中国版本图书馆 CIP 数据核字（2018）第 199192 号

GUYUN JINSHEN

古韵今神

张景华 著

责任编辑 李国亮 周 铁
版式设计 史小燕
封面设计 刘 亮
责任校对 蓝 海
责任印制 崔 娜

出版发行 四川文艺出版社（成都市槐树街 2 号）
网 址 www.scwys.com
电 话 028-86259287（发行部） 028-86259303（编辑部）
传 真 028-86259306

邮购地址 成都市槐树街 2 号四川文艺出版社邮购部 610031
排 版 四川胜翔数码印务设计有限公司
印 刷 四川华龙印务有限公司
成品尺寸 145mm×210mm 1/32
印 张 5.25 字 数 110 千
版 次 2018 年 9 月第一版 印 次 2018 年 9 月第一次印刷
书 号 ISBN 978-7-5411-4908-5
定 价 32.80 元

序　言

《古韵今神》涵乾坤，诗情画意润无声。《论语·阳货》曰：“诗，可以兴，可以观，可以群，可以怨。迩之事父，远之事君，多识于鸟兽草木之名。”其大意为诗词可以抒发情志、观察社会、交往朋友、怨刺不平。近可以侍奉父母，远可以侍奉君王，还可以知道不少鸟兽草木的名称。张景华先生深谙诗书功能，饱读典籍，寄情山水，寓意社稷，著述不辍。

品读张景华先生的《古韵今神》诗集，可见其挥毫泼墨的涵乾气度，可感其诗、词、歌的纳坤韵律。《古韵今神》诗集分上、中、下三篇：上篇“诗言情志”；中篇“词抒胸臆”；下篇“歌咏桑梓”。从洋洋洒洒的字里行间，能领略漓江戏水、赤水四渡、黑龙滩泛舟、邛海映月、赤壁惊涛、泸沽湖轻舟等碧波荡漾之美感，览赏井冈山、山海关、西柏坡、剑门关、雁门关、平型关、武当柱峰、华山奇石、稻城亚丁、巍巍雀儿山、岜沙苗寨等奇山秀景，穿越延安宝塔、腾冲、杜甫草堂、成都武侯祠、眉山三苏祠、乐山大佛、山西晋祠、莫斯科红场、埃及金字塔等时空岁月，观仰唐朝则天女皇、三国诸葛亮、领袖毛泽东、斯大林等巨人指点江山，力挽狂澜的雄才大略，分享作者从寒门子弟到教师、校长、县教育局局长、市政府总督学，一路耕耘超越的苦与乐，体味作者亲情、友情、爱情、乡情、爱国情感的笃挚厚意，感悟作者厚德博学、以文化人、志存高远、与时俱进的人生真谛。

知音难觅，挚友难遇。借此以“人生华章”为题，雅赠挚友张景华先生：“寒窗苦读通古今，传道授业勤耕耘。教育管理求真谛，泽被桑梓铸鼎盛。腹有诗书气自华，以文化人永葆春。胸怀社稷志高远，与时俱进岁月峥。”

胸藏文墨虚若谷，腹满经纶行坦途。《古韵今神》作者其人、其志、其事、其思，如当春雨露，随风潜入夜，润物细无声。作为作者的挚友，有缘先睹，幸甚为序。

李朝鲜（四川大学教授）

2018 年 8 月于四川大学望江校区

目 录

上篇 } 诗言情志

中篇｝词抒胸臆

下篇 } 歌咏桑梓

「上篇

诗言情志

漓水放歌

辛未·初夏

碧水泛舟踏歌行，山歌悦耳醉我心。
问寻三姐何处咏，歌如春水荡柔情。

解注：

这首诗描写作者在 1991 年风和日丽的初夏，碧波泛舟于风景秀丽的桂林漓江，陶醉于刘三姐柔情甜美、令人如痴如醉的山歌中。表达了作者对自然风景和民族风情无限喜爱和怡然自乐的情怀。

此诗写景、抒情，寄情于景，情景交融，韵味甚浓。

“漓水”，指广西桂林漓江。“三姐”，诗中特指刘三姐。

乡野秋晨

癸酉·八月

开轩扑鼻稻稷香，清风掠面一丝凉。

户外田圃飞声入，方晓金秋农事忙。

解注：

此诗写于作者临近不惑之年，即 1993 年秋。是年初秋，作者回乡采风，夜宿长辈农家，天刚拂晓，开窗望远，顿感稻香扑鼻，于是欣然而作。此诗前两句描写乡村秋晨，稻花飘香，凉风拂面的舒爽之感。后两句则描写耕者勤劳，打早出户，忙于秋收。稻田机声隆，晒场喧声嚣，展现了“农事忙”的具体情景。“农事忙”还从侧面反映出当年农村大丰收的景象。全诗表达出作者对农村生活的热爱和农业大丰收的喜悦之情。

师　颂

丙子·教师节

身出寒门不言微，但立潮头踏浪飞。
潜心筑就育人梦，笑看英才天下为。

解注：

这是一首为庆祝教师节而赞美教师的诗作。

此诗抒发了人民教师无限忠于教育事业的崇高情怀。诗歌前两句暗喻当时人民教师的岗位平凡，地位普通，社会认同度不是很高。但人民教师仍忠于职守，呕心沥血从教。后两句是表现人民教师鞠躬尽瘁，一心一意为国育才，以及“只要英才辈出，何惜蜡炬成灰”的豪迈乐观精神。

暑日一瞥

己巳·盛夏

暑气逼煞人，炙烤体无津。
鸡喘犬伸舌，牛栖马不鸣。
老翁田间作，汗滴如雨淋。
须知盘中餐，最苦农夫身。

解注：

这首诗抒发了对盛夏酷暑的观感。此诗前四句，作者抓住鸡、狗、牛、马等动物在酷热天气的状态，生动地描绘出暑气逼人，人畜难受的情态。后四句，通过对老农不怕酷热，头顶烈日于田间劳作的描写，歌颂了老农勤劳质朴、吃苦耐劳的可贵精神。表达了作者对农民的敬仰之情。

龙滩小景

戊寅·冬月

青山映美墅，绿岛飞白鹭。
碧水轻舟荡，平湖华夏殊。

解注：

这首诗是对仁寿黑龙滩人工湖自然景观的生动素描。诗句中“青山”“美墅”“绿岛”“白鹭”“碧水”等景物点缀，勾勒出一幅绝美的山水画，令人遐想不尽。

诗句简洁明朗，用语精当准确。诗韵乐感性强，展现的画面生动。

“龙滩”和“平湖”均指仁寿黑龙滩水库。“殊”即“不同”的意思。

无　题

庚辰·冬月

昨夜星辰今夜风，西岳秃岭东岳松。
莫道世间生万象，致远总在宁静中。

解注：

这首诗作于2000年。是年，是作者主政仁寿教育最艰难的年头。体制的束缚、发展改革的压力给主政者带来很大的困惑。此诗前两句是暗喻复杂多变而又不太宽松的教育环境。后两句是表现作者着眼教育大计，以淡定闲静的心境应对变幻无测的困境。

秋夜抢收

丁卯·八月

落霞隐去夜幕临，沟田乡野荡飞声。
遥望灯火忽闪处，老少穿梭忙未停。
风卷稻稷千重浪，漫野黄穗遍地金。
但望岁岁好光景，更喜农夫勤耕耘。

解注：

这首诗通过对农家老少们秋夜抢收稻谷热闹情景的描写和农村秋季丰收景象的描绘，抒发了作者对农业、农村、农民的热爱和对农村喜获丰收的喜悦之情。

早　春

辛巳·初春

嫩芽初上翠柳新，碧水涟漪波光粼。
牧童牛背鸣短笛，山野青青鸟戏林。

解注：

这是一首描写早春的诗。诗句用语质朴、自然，生动、形象，紧紧抓住早春的各种景物特征一气呵成。

“嫩芽初上”“碧水涟漪”“牧童鸣笛”“百鸟戏林”，好一幅早春图景。全诗表现出早春时节万物复苏、清新景美、蓬勃向上的生活情景。

明月圆

己丑·中秋夜

中秋明月圆，把酒话丰年。

嫦娥凡间舞，亲情合家欢。

解注：

这首诗是作者借“中秋明月”而抒发自己对祥兆丰年、太平盛世、国泰民安无限感慨的一种幸福情怀。

此诗前两句写中秋月夜，明月高照，人们欢庆佳节，举杯赏月，畅叙丰年欢快之情。后两句以夸张手法写亲朋好友欢聚，嫦娥下凡起舞。好一幅佳节快乐幸福的生活图景。

井冈魂

乙酉·春·于井冈山

巍巍井冈摇篮，英烈血洒江天。
导师名垂千古，泽润沧海桑田。
先辈挥戈鏖战，何惧埋骨青山。
誓为信仰抛颅，砸碎王朝锁链。

解注：

2005年初春，作者参加了一次红色之旅，初上井冈，缅怀英烈，感慨万端，遂赋此诗，以祭忠魂。全诗展现了井冈英烈为救国救民而不惜抛头颅洒热血的英雄壮举，热情讴歌了毛泽东及革命先辈们献身革命、忠勇报国、光照千秋的丰功伟绩。

秋收起义歌

乙酉·春·于井冈山

千里罗霄山叠嶂，毛公挥师上井冈。
一烛星火燎原势，峰烟迭起弥黄洋。
惊天动地破旧世，武装割据辟新邦。
横扫湘赣西风烈，谁主沉浮问苍茫。

解注：

这首诗是2005年春，作者初上井冈的即兴之作。全诗展现了毛泽东同志率领秋收起义军开创井冈山革命根据地和开展工农武装斗争的壮丽画卷。此诗前四句是写毛泽东挥师上井冈，建立革命根据地，点燃武装斗争的星星之火。后四句是写武装割据风起云涌，星星之火成燎原之势，工农政权广泛建立，革命风暴席卷湖南、江西，革命形势一片大好。

“罗霄”，即罗霄山脉，井冈山位其中段。“毛公”，即当时的毛委员（毛泽东）。“黄洋”，即黄洋界，是当时井冈山上的一个关口。

同窗情

丙戌·七月

月落星稀盼天明，长夜无眠思故人。

相逢虽在半百后，岁月难抹同窗情。

解注：

这首诗写于2006年7月。是时，作者与高中老同学聚会，三十多年后久别重逢、感慨万端，故赋此诗以释怀。

全诗描写同窗学友自别离之后，虽不曾见面，但时常日思夜念，即使年过半百才相逢，但流失的时光难以抹掉同学之间的深情厚谊。

归　乡

己丑·仲春

故地觅乡情，桑梓归童心。
众亲远相迎，把酒座上宾。
举杯话衷肠，笑饮过三更。
告老思华年，归乡寻吾根。

解注：

这是一首描写乡愁的诗。前四句是写作者闲归故里，众乡亲以贵宾相迎，以美酒相待。后四句是写作者与乡亲们举樽叙旧，三更不醉，以求找寻年少轻狂的感觉。此诗表达了作者热爱家乡，返璞归真的不舍情怀。表明作者与故地乡情和父老乡亲之间无限浓厚和永不改变的深情厚谊。

贺阿芳同学生日

辛卯·冬月

金凤飞出金凤凰，功成名就祖荣光。
英姿飒爽女中杰，一枝独秀压群芳。

解注：

这首诗是作者为高中时期一位女同学的生日而作。全诗盛赞了该位女同学从山乡走上社会大舞台，久经历练，终于功成名就，成为女性中的佼佼者和同学们的骄傲。

此诗揭示了“有志者事竟成”的人生哲理。

“金凤”，指仁寿县金凤乡，现已并入景贤乡，全乡地域皆为崇山峻岭。

贺仁寿中学书画展

辛卯·隆冬

仁人志士出仁中，中天悬剑指前锋。
兴邦定国安天下，盛景长观沫东风。

解注：

这首藏头诗是对仁寿中学素质教育丰硕成果的盛赞和美好期待，表现了作者浓浓的教育情结。全诗每句之首字连起来即为“仁中兴盛”。

玉芹刺绣

壬辰·冬月

玉芹刺绣为哪般，绣得佳偶结百年。
绣出龙凤吉祥运，罗衾更耐五更寒。
千针万线绣恩爱，妻贤子孝福万年。
传世珍品代代继，慈母功德量无边。

解注：

这是一首礼答诗友书林《绣女》一诗的感言诗。全诗以“玉芹刺绣”为着笔点，塑造了“玉芹”贤妻良母、勤劳质朴的美好形象，表现了玉芹与书林夫妻恩爱，家和子孝的幸福生活，同时也表达了作者对诗友书林一家幸福生活的美好祝福。

附：书林原诗

绣　女

壬辰·十月

绣女不知三九寒，飞针走线夜不眠。
春夏绣得龙凤舞，家和万事兴百年。
秋冬又绣八骏马，绣得大鹏欲上天。
斑斑白发忙为啥，真情绣品代代传。

伉俪良缘

癸巳·初春

忠贞不渝情，伉俪天赐姻。
牵手铸大业，幸福万年春。

解注：

此诗作于2013年春，时值作者之女儿、女婿领取结婚证之时。前两句是写女儿、女婿之婚姻是天赐之良缘，注定相爱一生。后两句是表达对女儿、女婿的美好祝福和期待。此诗表现了一位父亲对子女婚姻的祝福。

春赏梨园

壬辰·季春

山野放花万木春，绿水弯弯绕楼亭。
花海掩映园中墅，最美风光梨花村。

解注：

这首诗作于2012年春。此诗是对仁寿曹家乡梨花村美丽乡村的生动描绘，更是对仁寿新农村建设与农业产业化的热情讴歌。

全诗把“青山万木”“弯弯绿水”“漫野梨花”“园中美墅”融为一体，生动形象的描绘出一幅醉人的梨园春景图。

迎老友书林归乡

壬辰·仲秋

浪迹江湖忆旧游，兄弟情义续千秋。

少时雄心创大业，花甲功成壮志酬。

解注：

2012年，老友书林自西藏边城回乡探亲，作者赋此诗以迎20多年未见的老友。此诗前两句写朋友之情不会因岁月流逝，各奔东西，缺少联络而隔断情义。后两句是写老友少时立志，花甲功成，壮志已酬。

全诗表现了朋友之情的深厚与真诚。

西柏抒怀

壬辰·盛夏

茅舍土屋点雄兵，运筹帷幄灭蒋军。
决胜千里西柏坡，伟人一举定乾坤。

解注：

这首诗是对伟人毛泽东解放战争时期在西柏坡指挥三大战役，打败蒋介石，解放全中国，立下丰功伟绩的盛赞。全诗歌颂了毛泽东卓越的军事指挥才能，展现了毛泽东沙场用兵如弈棋，巨手一挥而平定天下的伟人气魄。

“茅舍土屋”，指茅草盖的土墙屋子。当年毛泽东就是在这样的屋子里指挥了伟大的解放战争。

“西柏坡”，太行山脚下的一个小山村，位于今天的河北省平山县境内，它是当年的中共中央所在地。“蒋军”，指蒋介石的军队。

除夕夜醉

壬辰·腊月三十夜

星辰闪烁不夜天，杯盏交错话来年。
频邀兄弟金樽举，乐饮千杯醉欲仙。

解注：

大年三十之夜，作者与兄弟亲朋频举酒杯，开怀畅饮，展望来年，乐不思寐。此诗表现了在除夕之夜，家人欢聚、年夜醉饮、快乐幸福的团年气氛。描绘了在盛世之年，国泰民安，人们祥和安康，乐享幸福的快乐生活图景。

赏　春

癸巳·三月

山间乡野踏青忙，蜂飞蝶舞万花香。
百鸟枝头鸣金曲，翁妪池边沐煦阳。

解注：

这首诗抓住春回大地，“踏青”“蜂蝶飞舞”“百鸟鸣曲”“翁妪沐阳”等自然与生活现象，生动地描绘出一幅春满人间，栩栩如生的春景图，表达了作者对春天的拥抱与热爱之情。

贺贤妻花甲寿诞

甲午·腊月

贤妻良母德高尚，相夫教子历沧桑。

乐助亲朋孝长老，松鹤寿龄永安康。

解注：

这首诗是作者为其妻花甲大寿而作。全诗盛赞了贤良之妻孝老、育子、爱夫、助友等方面的优良品德，并诚祝妻子如青松般高寿，如仙鹤般美丽，永远健康幸福。

“松”，一种高大的乔木，四季常青，生命期可至千年以上，常谓之“不老青松”。“鹤”，一种美丽的鸟，颈腿长，翅膀大，颜色呈白色或灰色。

山野漫步

庚寅·初夏

雨打亭台浥轻尘，山野青青草木新。
遥望峨眉峰巅处，名山自有丽人行。
漫步丛林小溪畔，畅享清悠静吾心。
劝君勿饮过量酒，养生莫过闲游人。

解注：

这首诗是作者在峨眉半山度假时的即兴之作。此诗前四句描写峨眉半山美丽清新的自然环境。后四句借景抒情，抒发自己远离尘嚣，回归自然，乐享清悠的快乐心境。

花甲叹

甲午·十月

虽说花甲寿白头，神舒心怡度春秋。
健步漫漫人生路，天照地佑永无忧。

解注：

这首诗是作者花甲之年的感慨之作。诗句表达了自己虽岁至花甲，但应当抱有一种正确、闲静淡定、积极乐观的生活态度。

游剑门关

癸巳·五月

剑门雄关隘道，朝暮攀猿啼叫。
将士戍关报国，英灵千古含笑。

解注：

这首诗前两句写剑门关的奇险幽僻，后两句写古代将士戍守险关，身虽战死，但英灵含笑千古。

此诗表达了作者对古代戍关将士的敬仰之情。

“剑门”，剑门关，在今四川省广元市境内。古有“一夫当关，万夫莫开”之说。

咏媚娘

癸巳·五月

绝代芳华武媚娘，才艺横溢压群芳。
宫廷争雄掌天下，中华千古一女皇。

解注：

这首诗是对唐朝武则天的评价。前两句是写武则天貌美惊世，才华过人。后两句写她宫廷争霸，成为中国历史上第一位女皇帝，名传千古。

“武媚娘”，即武则天。

古镇小景

癸巳·初夏

石街木屋酒旗飘，溪流穿巷溢小桥。
茶店小铺吆声起，游人划桨乐逍遥。

解注：

此诗通过对“石街”“溪流”“茶店”“游人”的描写，展现了黄龙溪古镇古朴、悠闲、热闹、清新而又浪漫的风情异貌。

端午乡聚

癸巳·端午

淡淡粽叶农舍香，浓浓乡情聚高堂。

游子归乡话桑梓，把酒抒怀叙衷肠。

解注：

游子归乡，粽叶飘香，佳节欢聚，故乡抒怀。这首诗描写了归乡游子与亲朋好友，在乡土农家欢度传统端午节的热烈情景，浓浓乡情溢于笔端。

诗的前两句描写人们欢庆端午佳节的热烈气氛，后两句描写家人团聚，举杯叙情，共享幸福的生活场景。

游广元明月峡有感

癸巳·五月

断崖绝壁龙蛇舞，凌空古栈通天途。
崖下湍流翻白浪，浪卷飞舟勇纤夫。
历代兵家争天下，鏖战峡关斗星无。
蜀道自古多奇险，斩关方可入蜀都。

解注：

这首诗通过对四川广元明月峡险关的描写，展现了蜀道“难于上青天”的奇险及其特有的军事、历史价值。此诗前四句写凌空古栈的险要和奇特，后四句揭示古蜀道在古代的军事意义，给后世留下无限的启迪与思考。

红场抒怀

癸巳·六月

德寇突袭苏维埃，前锋直逼莫斯科。
侵贼围城逾两载，战火硝烟岂奈何。
红场阅兵振斗志，军民喋血保苏俄。
纳粹兵败如山倒，元帅挥师斩阎罗。

解注：癸巳盛夏，作者与好友出游莫斯科，有感于二战时期莫斯科保卫战之伟大壮举，缅怀卫城英烈，故作此诗以抒怀。这首诗热情讴歌了苏联军民誓死保卫首都莫斯科的坚强意志和不屈不挠的民族精神。

此诗前四句写德军闪电进攻苏联，并围困首都莫斯科两年多。后四句写莫斯科军民同仇敌忾，面对兵临城下，仍红场阅兵，提振斗志。经过两年多浴血奋战，终将侵略者击败。

诗中，“苏维埃”代指苏联，“元帅”特指苏军朱可夫元帅。

巴蜀抗洪

癸巳·六月

暴洪肆虐巴蜀地，山崩地陷决岩堤。
石流掀浪田庄毁，人畜消匿无处觅。
将士救援度生死，破浪抢险掘泥砾。
命悬苍生脱险境，洪波浊浪扬旌旗。

解注：

这首诗描写了2013年夏天，四川洪灾狂虐，部队官兵抗洪抢险的感人场景。此诗讴歌了解放军官兵忠于人民、热爱人民、为人民的利益而不怕牺牲的英勇无畏的精神。

登雁门

癸巳·季夏

登临雁门望恒山，塞外风光映眼帘。
长城烽火连天际，岂容胡马度边关。

解注：

这是一首描写边塞的诗。作者登临雁门关，望远恒山，尽览塞外风光，由此联想起汉唐时期，将士戍守边关，誓死抵御匈奴入侵中原，是何等的英武悲壮。“岂容胡马度边关”是借用王维《出塞》中的末句“不教胡马度阴山”这一名句，此诗歌颂了古代戍边将士对国家的赤胆忠心。

游平型关

癸巳·季夏

乔沟深壑埋忠骨，平型关隘灭寇虏。
抗日首战告大捷，举国同仇把敌诛。

解注：

这首诗描写了在抗日战争初期，八路军一一五师在平型关抗击日军，首战告捷的英雄壮举。

平型关一战，打破了日军不可战胜的神话，增强了全国人民抗日的信心和斗志。

“乔沟”，即平型关战役的主战场。“平型关”，位于山西省东北。

咏晋祠

癸巳·季夏

三绝三宝唯晋祠，神泉穿流自成溪。

西周古柏三千载，金朝献殿犹神奇。

解注：

这首诗描写了晋祠的自然景观，更描写了晋祠厚重的历史文化积淀。

“晋祠”，位于今山西省太原市城区，是山西著名的古祠。“晋祠”原名晋王祠，是古代晋国的宗祠，它是中国现存最早的皇家园林。晋祠“三宝”，一是指“鱼沼飞梁”，二是指“献殿（金代）”，三是指“圣母殿”。晋祠“三绝”，一是指“周柏古槐（千年古树）”，二是指圣母殿内的“彩塑”，三是指“难老泉”。

游荆州古城

癸巳·八月

皇叔借城据楚都，扶汉抗曹联东吴。

关公镇守荆州府，忠义千秋载史书。

解注：

作者借游荆州古城，通过对三国风云、诸侯争霸的描写，抒发了对历史英雄人物的无限感慨之意。

此诗前两句写刘备为匡扶汉室，联合东吴，并向孙权借古城荆州，得以安营扎寨。后两句写蜀将关羽统兵镇守荆州，后虽“大意失荆州”，最终“走麦城”，但忠肝义胆的高尚品格仍史载千秋。

“借城”，指刘备向孙权借荆州城。

赤壁怀古

癸巳·八月

大江东去浪飞雪，惊涛拍岸风月夜。
孙刘御曹古赤壁，诸葛庞统施妙策。
周郎挥师燎连船，樯橹顷间灰飞灭。
汉鼎三足天下分，豪杰争雄称霸业。

解注：

这首诗是作者游览赤壁古战场时的怀古之作，抒发了对当年赤壁大战的无限感慨。前四句写曹操八十万大军南下，直逼东吴。孙刘联盟于赤壁御曹，诸葛亮借东风，庞统向曹操献连环船计（实为破曹）。后四句写周瑜统军火烧曹操连环船，曹军战船顷刻间化为灰烬，曹军大败北返。自此以后，魏、蜀、吴三国鼎立，天下三分，各图霸业。

神农架观光

癸巳·八月

幽山圣水神农架，飞瀑直下万丈崖。
暗河神泉涌千壑，野人传奇晓万家。
奇山异石生万象，巍巍神山扬中华。
万峰横亘荆楚地，华夏神州瑰奇葩。

解注：

此诗描写了神农架奇特的自然风光。

“幽山”“飞瀑”“暗河”“怪石”“万峰”等自然景观让游人流连忘返；野人的传说给神农架增添了神秘色彩。

“神农架”，湖北省境内最大的自然保护区，也是全国有名的旅游度假胜地。“荆楚地”，战国时期，湖北省地域多为楚国属地，包括荆州一带，故称荆楚大地。

缘义情

癸巳·冬月

风华春盛结缘义，异彩纷呈总相宜。
各领风骚岁月逝，笃信真情未有期。

解注：

这首诗是为“缘义会”二十周年庆典而作。它是对“缘义会”老朋友之间深情厚谊的真情表达。

此诗描写了“缘义会”的老朋友们在年轻时结下真诚友谊，虽人生道路各有异同，但相处甚是友好。二十年来，老朋友们都各有所成，即使岁月流逝不返，但坚信真挚的友情是永存的。

教育情

癸巳·十月

砥砺兴教手足情，玉壶久盛乃冰心。
且看英才誉天下，侪辈无悔报黎民。

解注：

癸巳十月，作者与仁寿教育同仁友情小聚，即兴而作。

此诗讴歌了仁寿教育界的同仁们为振兴教育，情同手足，团结一心，攻坚克难，全心育人的优秀品质。抒发了自己对教育事业的赤诚之心与热爱之情。

“玉壶久盛乃冰心”一句是借用王昌龄《芙蓉楼送辛渐》中的末句“一片冰心在玉壶”，意指教育情结永存。

校友聚眉州

甲午·三月

阳春三月聚眉州，登高远眺解心愁。
燃情岁月续真爱，花甲心清万事休。

解注：

这首诗描写了同窗好友三月眉州聚会，登高望远，心静悠然，怀旧之情油然而生。表达了一种“岁至花甲，万事放下”和珍惜同学情谊的美好心境。

“眉州”，指现在的四川省眉山市。

贺老父九十大寿

甲午·四月

松鹤寿龄迈九旬，体壮悠然返童心。
家业昌隆子孙孝，满目青山夕照明。

解注：

这首诗是作者为其老父亲九十大寿而作。表达了作者对老父亲九旬高龄、健康快乐的美好祝福，同时对老父亲子孙满堂，晚年幸福而感到无比自豪。

“满目青山夕照明”一句，乃借用叶剑英《八十抒怀》中“老夫喜作黄昏颂，满目青山夕照明”一句。

黑水达古冰山奇观

甲午·五月

冰山横亘达古峰，银装素裹云雾中。

高湖晶莹映倒影，松涛声声荡长空。

解注：

达古冰山位于四川省阿坝州黑水县境内。冰山高耸入云，山巅白雪皑皑。半山小块冰湖清澈见底，冰山四周苍松挺拔。此诗将达古冰山美景描绘得栩栩如生。

车行若尔盖

甲午·五月

茫茫草原天际间，九曲黄河第一弯。

白云悠悠飘万里，雄鹰展翅翔蓝天。

解注：

这首诗描写的是四川若尔盖草原美景。短短四句诗勾画了草原茫茫无际，白云飘空，雄鹰展翅，九曲黄河穿越其间的瑰丽风光。

“若尔盖”，指若尔盖大草原，在四川省阿坝州若尔盖县境内。当年红军长征过草地就是从这里横穿。

印象宏村

甲午·六月

皖南风情古宏村，千街万巷徽风存。
宗祠书院传古训，月沼倩影迷游人。

解注：

“宏村”是皖南著名的风情古镇。作者描绘宏村内的“街巷”“宗祠”“月沼”等小景点，表现了古宏村独特而典雅的徽式建筑风格和厚重的文化积淀。

乔·佳蜜月行

甲午·六月

蜜月之旅巴黎行，天作之合连理姻。
异国他邦筑钟爱，一世良缘伉俪情。

解注：

这首诗是作者为女儿、女婿蜜月之旅送行而作。此诗表达了作者对女儿、女婿美好婚姻的衷心祝福和期待。

“乔”，代指女婿。“佳”，代指女儿。

亚丁印象

甲午·八月

圣地亚丁胜天堂，幽幽峰谷仙雾茫。
潺潺山溪自天际，皑皑神山沐煦阳。

解注：

这首诗是对稻城亚丁乡村自然景观的生动描写。

作者抓住亚丁村“幽深的峰谷”“茫茫的山雾”“涓涓的溪流”“皑皑的白雪”，描绘出一个迷人的人间仙境。

“亚丁”，即亚丁村，亦称稻城香格里拉，位于四川省甘孜州稻城县境内。“皑皑神山”是亚丁最美的雪山，终年积雪，在阳光沐浴下熠熠生辉。

观巴中红叶

甲午·十月

登临光雾览群峰，千山万壑枫叶红。

接天连地层林染，风光不与五洲同。

解注：

这首诗描写了光雾山群峰伫立，漫山遍野红叶飘香、风光迷人的自然美景，令人神往和陶醉。

“光雾”，即光雾山，在四川省巴中市境内，每年十月，是观赏红叶的好去处。

光雾十八潭

甲午·金秋

月潭映倩影，红叶染层林。
山泉叮咚响，瀑花飞湿身。

解注：

这首诗描写的是四川巴中光雾山十八个水潭的自然景观。“月潭”，是光雾山十八潭中最大最美的潭，它集潭水、瀑布、山间红叶于一体，是一幅自然的山水画。

东湖一瞥

甲午·冬月

东坡水月拱岷江，碧湖弯弯绿水长。
金桥飞架连天宇，银滩翠岛万木香。

解注：

眉山东坡湿地公园开园，作者即兴赋诗以贺之。此诗抓住湿地公园内的“水月”“碧湖”“小桥”“银滩”“绿岛”等景点，展现了眉山东坡湿地公园作为休闲静养、度假娱乐最佳去处的形象。

腾冲记忆

乙未 · 三月 · 于腾冲

滇西抗倭铸国魂，血刃强寇赤胆心。
青山有幸埋忠骨，将士英名万古存。

解注：

这首诗热情讴歌了抗日战争时期，滇西军民英勇抗击侵华日军的大无畏精神。

“腾冲”，属滇西重镇，该市建有滇西抗日烈士陵园，以告世人要永远铭记英烈，勿忘国耻。

和顺印象

乙未·三月·于和顺古镇

和顺家国兴，滇西翡翠城。
湿地荷花放，鸭湖碧水清。

解注：

这首诗是对和顺古镇的素描。

“和顺”，滇西著名古镇，因盛产翡翠，故称翡翠城。“鸭湖”，和顺古镇旁边的一个小小内湖。以“鸭湖”为主景，打造了一个宽阔的湿地公园，园内荷花绽放。

贺书林之子诏文乡任

乙未·三月

历练人生又一程，赴任乡官惠苍生。
百姓冷暖皆要务，勤廉图治展贤能。

解注：

这首诗是作者为老朋友书林之子诏文赴基层履新职而作，表达了长辈对晚辈的事业与工作的关心与期待。

黔北织金洞探秘

乙未·八月

金洞幽深万象生，奇乳异石铸仙身。

龙门天宫迷去处，回望苍穹不见君。

解注：

此诗描写的是贵州织金洞的万象奇观。

“织金洞”，位于黔北境内，溶洞狭长幽深，洞中有洞，奇观万象，是中国西南地区最美的溶洞之一，享有“亚洲第一洞”之称。

黔西南马岭河大峡谷观瀑

乙未·八月

飞瀑直下落九天，峭壁高垂万丈渊。
涛声震耳惊飞鸟，深壑湍流白浪翻。

解注：

此诗描写了马岭河大峡谷瀑布的壮观与奇美。该瀑布位于贵州西南兴义州马岭河大峡谷景区内。瀑布气势恢宏，壮美迷人。

黔西南万峰林奇观

乙未·八月

万峰伫耸穿云端，田园山寨嵌峰间。

炊烟缭绕织仙境，曲径通幽上青天。

解注：

这首诗描写了万峰林群峰横亘，高耸入云的自然奇观，峰间的田园、山寨、炊烟、小径富有浓郁的乡土生活气息。进入万峰林，仿佛进入人间仙境。

“万峰林”，位于黔西南兴义州境内，是典型的喀斯特地貌。

岜沙苗寨民族风

乙未·八月

腰系弹袋肩扛枪，镰刀剃头舞锅庄。
鸣枪礼迎远方客，风情独有话从江。
千年山寨峰巅嵌，供奉图腾求隆昌。
竹筒衔嘴讴音韵，自然古朴醉苗乡。

解注：

这首诗描写了岜沙苗人独特的表演艺术，质朴的生活方式和淳朴的民族习性。

岜沙苗寨位于贵州省从江县境内。这是一个十分独特的高山苗寨。寨内建筑古朴，男子佩枪，镰刀剃头，婚俗奇异。

中秋月夜

乙未·中秋·于眉州

中秋月明不夜天，千杯万盏醉无眠。
岁月沧桑情长久，千里相思共婵娟。

解注：

这首诗是对中秋月夜的感叹。此诗借中秋之夜，人们饮酒赏月，触景生情，抒发一种缠绵情思。表现了人们在中秋明月之夜，举杯邀月，思念亲友故交，感叹人生不易和情义为重的生活情怀。

延安颂

辛卯·十月·于延安

滚滚延河卷巨涛，巍巍宝塔镇魔妖。
军民挥戈驱虏寇，救亡抗倭志不摇。
仁人志士聚圣地，伟人统兵出奇招。
指点江山乾坤定，挥师誓灭蒋王朝。

解注：

2011年国庆节，作者与朋友游览革命圣地延安，有感而书。这首诗讴歌了当年党中央和毛主席领导中国人民抗击日本侵略者和推翻蒋家王朝的伟大壮举。

“延安”，位于陕北，是抗日战争时期和解放战争初期中共中央所在地。

“伟人”，指以毛泽东为代表的中共领导人。

秋游陵州飞泉峰

乙未·十月

仰天祥云绕峰间，俯地红叶层林染。
远眺州城万千景，近目靓女貌若仙。

解注：

这首诗描写的是仁寿城郊飞泉山的秋景。作者通过“仰天”“俯地”“远眺”“近目”等不同视野所及，描绘出飞泉山祥云绕峰，红叶染林，州城万景，靓女若仙的极美秋景。

“州城”，诗中特指陵州城。四川省仁寿县古称“陵州”。

邛海观景

乙未·隆冬

水天一色飞白鹭，映日碧波万里湖。
环海繁花争奇艳，最美风光大凉都。

解注：

此诗描写的是冬观邛海美景，但诗句中的“映日碧波”和“繁花争艳”却道出了“邛海”是冬暖夏凉之地，是宜居和旅游之优选地。

“邛海”，位于四川省凉山州西昌市郊，是极好的旅游之地。

观西昌卫星发射基地

乙未·冬月

神箭穿天送飞船，卫星环宇会七仙。
玉帝王母迎远客，天宫凡界一线牵。

解注：

这首诗热情歌颂了我国航天事业的飞跃发展。

康养胜地米易

乙未·隆冬

康养胜地甲米易，绿装素裹总相宜。
天然氧吧滤肝肺，延年益寿未有期。

解注：

“米易”，即米易县，位于四川省攀枝花市。此诗写米易在冬季仍然身披绿装，天气暖和，作为冬季康养地乃居第一。

米易康养

乙未·隆冬

沐浴冬阳柳贤村，轻歌曼舞抒闲情。
农舍美酒醉远客，晚霞朝晖彩缤纷。

解注：

这首诗抒发了人们在柳贤村农家冬养时舒身和浪漫闲适的愉悦。

“柳贤村”，位于四川省攀枝花市米易县城郊的一个农家新村。

魅力攀枝花

乙未·冬月

金沙江畔攀钢城，繁花漫野草木青。
蔚蓝天际飘白絮，隆冬煦阳浴佳人。

解注：

这首诗反映了作为工业城市的攀枝花市在改革开放中发展变化的新气象、新景观，展现了工业钢城绿色、环保、宜居的城市形象。

米易冬景

乙未·冬月·于米易

虽是隆冬旭阳暖，但见祥云飘蓝天。
木葱花妍吐春意，溪水叮咚绕山田。

解注：

这首诗通过对米易冬景的描写，描绘出一幅“旭阳暖人”“蓝天白云”“木葱花妍”“溪水叮咚”的春景图，展示了米易度假、休闲、赏花、冬养的胜地形象。

春游草堂寺

丙申・二月

浣花溪畔茅屋亭，避乱入蜀暂栖身。
诗圣风韵传千古，花重独有锦官城。

解注：

此诗前两句写杜甫为躲避“安史之乱”携家来四川成都，栖身于浣花溪旁的茅屋里。后两句写杜甫的诗，其风格及韵味均为千古称颂，堪称“诗圣”。此诗表达了作者对杜甫的敬仰和盛赞之意。

赏　雪

乙未·腊月

乡间山野披银装，天地一体不露房。
茫茫白色映苍宇，南国鲜见好风光。

解注：

这是一首描写中国南方雪景的诗。此诗抒发了在南方赏雪不易的感叹。

瑞雪兆丰年

乙未·腊月

又见窗外瑞雪飞，祥兆丰年几轮回。
但使社稷春常在，华夏国里尽朝晖。

解注：这首诗借“瑞雪兆丰年”，抒发了对国家兴旺、民族复兴、人民富裕的无限感慨之情。

避暑瓦屋山

丙申·八月·于瓦屋山

峨眉山月映瓦屋，幽谷深深绕仙湖。
飞流直下瀑花舞，雾锁峰巅万山殊。
避暑胜地觅何处，舍此仙境无他图。
虽是盛夏秋凉至，爽心润肺心神舒。

解注：

这首诗前四句描写瓦屋山美丽的自然风景，后四句写在瓦屋山避暑的清凉感觉。表达了作者对瓦屋山避暑胜地的青睐与热爱。

“瓦屋山”，位于四川省洪雅县与雅安市交界之处，海拔 2000 多米，夏日十分凉爽。

海南冬养

乙未·腊月

天涯海角养身心，冬浴煦阳俏佳人。
南国风情千般味，泛舟漫舞踏歌行。

解注：

此诗展现了人们在海南冬养身心，空气清新，气候温暖，风情各异，以及轻松快乐的生活情景。

答书林退休寄语

甲午·冬月

兄台寄语蕴深情，褒扬过甚愧吾心。
解甲健步人生路，续梦山水又一程。

解注：

这首诗前两句是表达自己对诗友书林写给自己《退休寄语》一诗的答谢，后两句是表达自己退休以后所持的一种生活态度。

此诗表达了作者达观自乐，安享晚年的生活情怀。

附：书林原诗

退休寄语

甲午·冬

解甲归来天地新，挥毫描绘山水情。
留得诗书来人读，千古无人不识君。

山野春光

甲午·三月

山野回春光，翁妪沐煦阳。

碧草露笑脸，鸟语万花香。

解注：

这首诗是作者于甲午三月回农村老家时对乡村早春美景的生动描绘。此诗头一句写春回大地，后三句抓住老年人晒太阳、草木发芽、鸟语花香等具体事物，表现了生机勃勃的盎然春景。

新　生

丙申·初夏

添丁进口传宗代，长征接力有人来。
岁月年华好光景，子孙耀祖金石开。

解注：

这首诗表达了作者在岁逾花甲之时，喜逢两小孙女降临人世的自豪与喜悦之情。同时也表达了作者对子孙们茁壮成长，历练成才的一种祝福和期待。

寄语豪孙

丙申・八月・于陵州

张开风帆破浪行，益国为民赤胆心。
豪气壮志少时立，胜券稳操赛同仁。

解注：

这是作者写给自己孙儿的一首藏头诗。此诗对孙儿从小如何立志、修行、好学、成才等方面充满了鼓励和期待。它也是长辈送给晚辈的一首励志诗。

立　春

丁酉·正月

孟春伊始红梅赞，岁首不觉冬意寒。
耕者早谋鸡年计，店家晨劳五更天。

解注：

这首诗描写了“立春”时节一到，劳动者就早谋年计、挑灯夜战、勤奋劳作的生活情景。此诗抒发了作者对普通劳动者吃苦耐劳、勤奋劳作的无比敬意。

边城乐

——答书林《心声》

丙申·冬月

边城高远若比邻，鸿雁飞天传浓情。
莫愁萧瑟风雪夜，西出阳关皆故人。

解注：

这是一首礼答诗友书林的诗。

此诗前两句写兄弟间虽相隔遥远，但以诗书传情情更浓。后两句写边城虽然寂寞，但东归故里皆是熟悉之人。此诗表达了诗友之间难于割舍的一种情怀。

附：书林原诗

心　声

丙申·冬月

边城人稀等闲回，已是寒冰两岸苔。
风似琴瑟弹夜月，切切暖语却飞来。

夕阳咏志

——答书林《夕阳酬志》

丁酉·正月

老骥伏枥志千里，英雄暮年气不移。
头枕边关望冷月，汗洒高城无归期。

解注：

此诗是礼答书林《夕阳酬志》之作。书林曾以《夕阳酬志》寄语作者，抒发了自己“壮志未酬”之情怀。

此诗前两句赞赏诗友书林老当益壮的豪迈情怀。后两句是赞赏书林耄耋之年还在西藏打拼的奉献精神。

山南春雪

丁酉·三月

正是山南好风景，雪花时节又逢春。
虽至夜寒冰如铁，银装素裹俏边城。

解注：

这首诗描写了西藏山南地区春时雪裹边城的奇特美景。表现了作者一种不畏挫折、追求进取的乐观主义精神。

埃及行

丁酉·三月

中东神韵古文明，史载千秋博精深。
丝路迢迢漫天际，东归岂忘西域情。

解注：

这首诗是为老朋友埃及旅行归来的接风之作。此诗充满了对古丝绸之路和中东古文明的向往及赞赏之意。

孟冬浩月

丙申·十月

浩轮当空泻天宇，银光万里映瑶池。
嫦娥奔月舞仙曲，最美画卷最美诗。

解注：

此诗通过对初冬月夜的描写，寓情于景，写景抒怀，表达了自己心胸开朗，豁达乐观的生活情态。

追梦教坛

丁酉·三月

追梦怀春忆当年，雄姿勃发耕教坛。
沥血呕心育学子，吐丝方尽岂枉然。
笑看英才功名就，愧比后生胜师贤。
岁月沧桑身心惫，花甲心怡养天年。

解注：

丁酉季春，作者参加仁寿县满井初中八二届学生同学会，有感而发。遂作《追梦教坛》，以与师生同乐。

这首诗抒发了自己几十年耕耘教坛，精心育人，无怨无悔的情怀。感慨自己桃李满天下，后生超师贤。往昔岁月峥嵘，如今颐养天年，也算是一种美好的人生归宿。

潮汕释怀

丁酉·初夏·于汕头

潮汕门户南澳岛，十里银滩万物宝。
生鲜海藻烹百味，蚝鱿龙须饪佳肴。
郑公兵府募精卒，挥师克敌报春晓。
戍关卫国屯军堡，岂容倭贼犯秋毫。

解注：

此诗前四句写南澳岛上的银滩美景和美味佳肴。后四句写当年郑成功在此岛招募精兵，筑建兵府，而后挥师收复台湾，并在此屯军戍关，致使倭贼不敢犯秋毫。此诗借写海岛，表达了对郑成功统兵克敌，戍关卫国的敬佩之情，也表达了自己的爱国情怀。

“南澳岛”，今广东省汕头市所辖的一个海岛，素有潮汕门户之称。“郑公”，指郑成功。

悼黄埔东征英烈

丁酉·初夏·于黄埔军校

中华脊梁黄埔军，东征讨逆铸忠魂。
铁肩担当救国义，一世英名万古存。

解注：

这首诗讴歌了当年黄埔军校东征军讨逆救国，英勇无畏的革命精神。

“东征讨逆”：即 1924－1925 年间，由广东革命政府组织的黄埔军校学生军两次讨伐陈炯明叛军。

武广高铁行

丁酉·初夏

蛟龙飞越苍穹间，千观万象映眼帘。
远眺天际银蛇舞，近目山野绿浪翻。

解注：

这首诗描写了高速列车在铁轨上风驰电掣的快行之状。

龙滩咏

辛卯·季春

高峡幽谷出平湖，千岛龙滩世界殊。
蜀都后园觅何处，舍此仙境寻他无。
青山古寺猿鸣啼，玉凤呈祥龙戏珠。
白鹭飞天展俏翅，水天一色画中图。

解注：

这首诗生动地描绘了四川省仁寿县黑龙滩人工湖美丽幽静、水天一色的自然风景。使人们对素有“西部千岛湖”“成都后花园”美称的黑龙滩水库无不为之神往。

越南下龙湾观海景

丁酉·孟冬

海上石林布迷宫，路转峰回万壑通。
风帆远影碧空尽，水天一色映群峰。
霞披千岛层林染，雁鹭飞天击长空。
南亚风情觅何处，仙山玉水尽其中。

解注：

这首诗描写的是越南下龙湾的海景奇观。下龙湾海面峰林密布，路转峰回，乘舟穿行峰间，胜似游览海上迷宫。海面上近两千座岛峰，覆盖海域面积近一千平方公里，堪称东南亚最美的海景。

武侯抒怀

戊戌·三月

诸葛一生皆谨慎，司马徒悲遇克星。
神谋大智天下计，鞠躬尽瘁老臣心。
两朝开济功勋著，殚精竭虑辅帝君。
三国争雄垂青史，留取丹心照汗青。

解注：

戊戌初春，作者游成都武侯祠，观仰孔明像，有感而发。此诗讴歌了诸葛亮足智多谋、谦虚谨慎、鞠躬尽瘁、为国尽忠的品格，抒发了对诸葛亮的崇敬和仰慕之情。

“司马”，指司马懿，是三国时期曹操的大军师。此人善用诡计，有“鹰视狼顾”之称。曹操死后，曹丕继位，封司马懿为曹军都督。曹丕病死后，其子曹睿继位。封司马懿为骠骑大将军，并加封平西大都督。司马懿先后多次领兵与出师北伐的诸葛亮交战，但总是败多胜少，而诸葛亮往往技高一筹。

桑梓骄

——诗赠朝鲜先生

戊戌·孟春

庶家学子早悟道，边乡僻壤行路遥。
追梦立身倾心力，未酬壮志苦攀高。
寒窗筑就金科梦，功名堪为桑梓骄。
满腹经纶学者范，华夏国里遍李桃。

解注：

“朝鲜先生”，指李朝鲜先生，为作者好友，四川大学教授，经济学博士，原四川大学党委宣传部副部长。作者因感其生于边乡僻壤，自幼家境贫寒，后因少年立志，青年苦读，中年得志，尔后功成名就。故赋诗一首以赠之，以表达作者对其敬佩、仰慕之情。

咏眉州

戊戌·六月

三苏故里话两宋，东坡文韵几人同。
千载诗书寻何处，独有眉州承载中。
碧湖倩影画中景，湿地荷花分外红。
楼台倚栏望水月，州城万景沐东风。

解注：

此诗借吟咏宋代大文豪“三苏父子”，展现眉山市独特的地理文化韵味，厚重的文化积淀，以及绚丽多彩的城市风貌，抒发作为眉山人强烈的自豪感、自信感，以及继承、挖掘、弘扬东坡文化的历史责任感。全诗韵味甚佳。

「中篇

词抒胸臆

浪淘沙·纪念抗日战争胜利七十周年

乙未·九月

国破十四年，寇罪滔天，华夏大地遍狼烟。
屠戮生灵三千万，敢问苍天。

神州新纪元，跃马挥鞭，勿忘国耻众志坚。
强军壮武御外侮，举国同欢。

解注：

这首词是作者于 2015 年 9 月为纪念中国人民抗日战争胜利七十周年而作。词的上片描写了自 1931 年“九·一八事变”起至 1945 年 8 月这十四年间，日本侵略者屠戮蹂躏中国大地的血腥罪行，表达了作者对日寇罪行的无比愤慨。词的下片是写今天之中国虽已强盛，但不能忘耻无忧，应当强军壮武，时刻抵御外侵，举国同心把敌诛。表达了一种强烈的爱国御敌情怀。

清平乐·观北京“九三”大阅兵

乙未·九月

雄师飒爽，国强军威壮。
撼天动地慑劲敌，无愧战功勋章。

铁流滚滚向前，雄鹰呼啸蓝天。
神弹剑指狼豹，战舰驶向深蓝。

解注：

这首词是对2015年9月“九三”大阅兵的实景描绘。展示了我人民解放军各军种、兵种战无不胜，坚不可摧的军威和实力以及对外部入侵者的震慑力，表达了国人对我国国防力量的自信与自豪，讴歌了国防建设取得的伟大成就。

十六字令·巍巍雀儿山

甲申·十月

山，
银装素裹迷天仙，
放远眺，绵延苍穹边。

山，
万峰拱卫穿云端，
翘首望，茫雾蔽青天。

山，
跃上秃岭十八弯，
惊回首，断崖万丈渊。

解注：

这首词，先写雀儿山美丽的雪景，次写雀儿山高耸入云的山势，再写雀儿山的雄险，表现了雀儿山的雄美多姿与奇险之势。

“雀儿山”，位于四川省甘孜州川藏公路四川一侧，是连接四川与西藏的交通咽喉。此山海拔三千多米，山高路险，是自川入藏之关山。

西江月·赤水抒怀

乙未·十月

红军四渡赤水，伟人用兵如神。
百战经典载史册，将士浴火重生。

烽火硝烟远云，英烈豪气长存。
长征精神代代继，扬我中华复兴。

解注：

这首词是作者参观贵州土城“红军四渡赤水纪念馆”时的感慨之作。上片写毛泽东指挥红军，四渡赤水出奇兵，终于摆脱敌人的围追堵截，轻装前进。下片写硝烟远去，英烈长存，继承发扬长征精神，为中华民族的伟大复兴而奋斗。

全词抒发了对毛泽东指挥红军四渡赤水的无限崇敬之意，表达了承传统、展宏图、复兴大中华的坚定信念。

水调歌头·**咏花甲**

甲午·隆冬

漫漫人生路，沧桑世事艰。
如梦光阴似箭，转瞬花甲年。
昔时家道贫陋，更有腹饥衣破，何处觅红颜。
思盼黎明日，无眠不夜天。

天地转，时运济，破万难。
国泰民安，子孙满堂共甘甜。
六旬神舒心怡，解甲释负清心，潇洒正当前。
但愿情长久，诸君共婵娟。

解注：

这首词是作者描写自己人生历程的感怀之作。词的上片写自己的人生多艰、世事沧桑，不知不觉已到花甲之年。年轻时家境贫寒，衣不蔽体，食不饱腹，思盼过好日子，而常常夜不能寐。下片写自己苦尽甘来，欣逢盛世，国强民富，且自己又子孙满堂，退休后心静气顺，潇洒生活，与各位朋友加深感情，共享太平盛世。

这首词表达了自己对人生不易的感叹，对幸福生活来之不易的珍惜，抒发了自己对现实生活的幸福感受和感恩国家、社会，安享晚年的乐观情怀。

忆秦娥·**冬行塞外**

丙申·冬月

胡天雪，北风卷地百草折。
百草折，千鸟飞绝，万径踪灭。

狐裘不暖冰如铁，晴川万里茫茫白。
茫茫白，日月同辉，天地共色。

解注：

这首词描写了中国大西北（塞外）地域在冬季的苍凉与极寒之景象，同时也展示了塞外奇特的雪域风光。“北风卷地百草折”一句乃借用唐朝诗人岑参《白雪歌送武判官归京》一诗中之首句。“胡天”泛指边塞以外地域。

卜算子·如梦人生

丁酉·季春

风雨潇潇路，沧桑岁月稠。
世间百态千般味，雾锁风雨楼。

聚散终有日，何愁弈白头。
谢幕归原觅自我，无欲逐风流。

解注：

这首词是一首感悟人生的词作。上片写人生之路风雨兼程，岁月蹉跎，人世间万象丛生，没有一帆风顺之路。下片写人生就像一出戏，名角也有谢幕之时，主将也换位之日，不必计较因为人生博弈而付出的东西。退隐舞台后回归自我，再不能去争强好胜。这首词表达了自己对经历风雨人生之后的一种大彻大悟之感。

沁园春·蜀

丁酉·初夏

西部魁首，闲适胜地，逶迤盆周。
忆先帝开元，诸葛勤勉；平川万里，沧海横流。
三国鼎立，光复汉室；沙场争霸帝王侯。
看群雄逐鹿，敢主沉浮。

风光无限迷留，引天下英才共图谋。
逢盛世华年，星移斗转。
泽惠苍生，金玉满楼。
博弈华夏，领军神州。
神韵古都誉全球。
展未景，绘蜀域宏图，美不胜收。

解注：

这首词是一首借古颂今之作。词的上片写天府蜀地、西部之最。三国时期，群雄逐鹿，刘备为光复汉室，完成统一大业，在诸葛亮的辅佐下，于成都称帝，建立了“蜀汉”政权，从此与“魏”“吴”成天下三分之势。下片写天府蜀地因为人杰地灵，风光无限，又欣逢盛世，所以众多人才会集于此，共谋四川发展大计。其中“金玉满楼”及以下四句展现了四川飞速发展变革的现实风貌。最后三句是对四川未来发展前景的展望。

忆秦娥·**车行雅西高速**

壬辰·八月

通天途，穿云破雾跨高湖。
跨高湖，峰回路转，千鸟飞无。

跃上葱茏断崖处，回旋攀行入穹庐。
入穹庐，目尽仙色，一览飞瀑。

解注：

这首词描写了雅西高速的奇特和雄险，展示了它独特的天路风光，同时也彰显了中国路桥技术的高端与现代化。

“雅西高速”，指从雅安至西昌这一段的高速公路，被称为中国境内的天路。其中的托乌山段从山脚至山顶的落差高达 2000 多米，中间是通过高架桥及螺旋隧道盘旋而上的。

临江仙·**荡舟泸沽湖**

己卯·仲春

把桨荡舟泸沽湖，恋歌漫舞非同。
水天一色贯长空，狮山索玛俏，落霞映山红。

摩梭粉黛皆丽质，胜赏秋月春风。
子夜走婚喜相逢，古今岁岁继，史延民俗中。

解注：

这首词的上片是写泸沽湖的自然美景和游览泸沽湖的快乐感受。下片写泸沽湖奇特的走婚习俗，表达了作者对泸沽湖民俗文化的好奇。

“泸沽湖”，今四川省盐源县与云南省宁蒗县交界的一个高原湖泊。“狮山”，泸沽湖旁边的狮子山。“摩梭”，指泸沽湖沿岸的“摩梭人”，至今仍保持着千年不变的走婚习俗。

念奴娇·**泸定怀古**

庚辰·春

铁流滚滚，克安顺，抢渡天险北进。
雪河大渡，涌浊浪，惊涛拍岸骇听。
遥想当年，天国将士，覆没千古恨。
蒋谋“围剿”，朱毛排兵布阵。

劲旅溯河驰骋，日驱二百，飞夺泸定。
铁索桥横，战犹酣，尽歼顽敌制奇胜。
英勇红军，天堑任飞越，挥师北定。
百战经典，史载千秋无以伦。

解注：

这首词是作者对当年红军长征途中“抢渡大渡河”和“飞夺泸定桥”战斗的写实之作。此词上片写安顺场、泸定桥等军事要地之险要，并以当年太平天国石达开的全军覆没来反衬红军在此突破蒋介石“围剿”的英雄壮举。词的下片展示了红军克安顺和飞夺泸定桥战斗的英勇场景，揭示了这场惊险战斗的伟大历史意义。“泸定”，词中意指泸定桥，位于四川省泸定县城边。“安顺”，即安顺场，位于泸定桥下游约一百公里处。

采桑子·**漫步蜀南竹海**

辛巳·春

目尽万山皆翠竹，
涓涓溪流，
小径幽幽，
于无声处觅尽头。

旭日霞飞映碧湖，
黄鹂鸣柳，
稚童泛舟，
日日笙歌乐逍游。

解注：

此词上片写蜀南竹海的闲静清幽与浩瀚无边。下片抓住“霞映碧湖”“黄鹂鸣柳”“稚童泛舟”“日日笙歌”等自然景观，展现了蜀南竹海的迷人美景和浪漫情调。全词表现了作者热爱自然，回归自然的一种闲适清悠的心境。

清平乐·边塞戍关

辛卯·冬月

天路漫漫，孤城遥相见。
秃岭荒漠云崖断，黄沙万里百战。

风卷飞雪万变，何处望断飞雁。
将士尽忠赤胆，夜夜枕戈待旦。

解注：

这首词是一首描写边防军人不畏艰苦，为国守边，尽忠报国的词作。上片抓住“天路”“孤城”“秃岭”“黄沙”等边塞特有的自然景观，突出表现出中国北方边关的荒凉、深远和频繁的战事。下片写在渺无人烟，风雪万变的边关，戍关将士忠心报国，彻夜以刀枪为伴，守卫着国家的每一寸土地。词作表现出对戍关军人的热爱与敬仰之情。

蝶恋花·**眉州秋夜**

丁酉·金秋

水天花月甲天堂，桂絮飘香，些许秋凉。
凭栏远眺湖中景，五彩花瀑泉飞扬。

目尽江滨暮色茫，灯火阑珊，十里廊坊。
夜夜笙歌醉远客，舞影婆娑意绵长。

解注：

这首词通过对眉山秋天夜景的描写，表现出改革开放的眉山呈现出一派太平盛世、祥和发达、与时俱进的繁华景象。词的上片抓住“花月”“桂絮”“湖景”“喷泉”等自然景物，展现了眉山景美宜居的城市形象。词的下片通过对“江滨”“灯火”“廊坊”“笙歌”等的描写，表现出眉山城的夜晚，五光十色，歌舞升平，一派现代化的城市夜景，让人夜不能眠。

菩萨蛮·咏乐山大佛

辛酉·冬

三江交合耸巨佛，凌空禅院寺中屋。
香烛雾缭绕，神佑庶民富。

晨曦破夜幕，晓行林间路。
忽闻诵经声，方知祈普度。

解注：

这首词是作者1981年冬游乐山大佛时的即兴之作，全词通过吟咏乐山大佛，表现出乐山大佛及其栖身地“大佛寺”诵经声声、香雾缭绕，佛事繁忙的景象。

“三江”：指青衣江、岷江、大渡河。

渔家傲·**朱日和沙场点兵**

丁酉·八月

铁甲驰骋旌旗猎，飞尘蔽天暗日月。
红蓝对抗短兵接，
动真格，
沙场点兵敌胆慑。

战鹰呼啸长空裂，神弹剑指敌巢穴。
体系作战空前绝，
从头越，
雄师劲旅无敌克。

解注：

这首词描写的是丁酉年八一建军纪念日，中央军委主席习近平在内蒙古朱日和训练基地沙场点兵、阅兵，展开立体化、体系化、多军种、多兵种实战化演练的壮观场景。

“红蓝对抗”：指中国人民解放军中的红军和蓝军实弹对抗演练。

永遇乐·**淬火成钢**

——谨以此词献给红军长征胜利八十周年

丙申·十月

横断乌山，水拍云崖，悬剑弄舞。
喋血征程，斩关夺隘，天险重飞渡。
雪域草潭，生死极限，怎堪泪洒回顾。
赴国难，金戈铁马，气吞万里如虎。

三军浩荡，长驱二万，北上抗倭灭虏。
逐鹿西北，鏖战陕甘，烽火连天路。
延河宝塔，窑洞枣园，淬火成钢圣土。
问苍茫，驱寇救亡，乾坤谁主？

解注：

这首词是一首纪念红军长征胜利八十周年的词作。这首词的上片是对红军长征艰难历程的倾情回顾。长征途中，红军的“四渡赤水”“冲破乌江天险”“抢渡大渡河”“飞夺泸定桥”“过雪山草地”等一桩桩、一幕幕鏖战壮举尽展其中。词的下片是写经过二万五千里长征的红军北上抗日，在陕北建立了革命大本营，粉碎了敌人的多次“围剿”，建立了稳固的陕甘宁边区抗日根据地，从此领导了中国人民伟大的抗日战争。

江城子·**邂逅同窗**

辛卯·初冬

少不更事性轻狂，不自量，情迷茫。
志趣难伸，仰天诉惆怅。
同窗艳出俏佳人，百媚生，粉黛香。

弹指挥间鬓如霜，寻小芳，走四方。
浊酒相逢，无语泪千行。
续梦晚霞余晖灿，夕照明，体安康。

解注：

这首词是一首抒发自己在2011年冬与少时同学不期而遇时的感怀之作。

上片写自己年轻时，年少轻狂，痴迷情思。表达了一种自责、自惭、自省、自悟之意。

下片写自己即将步入老年，但时常想找回当年的感觉。而今同窗相逢却默默无语，只能寄望于晚年的生活像晚霞一样多彩，身体平安健康足矣，表现了作者的一种自解和随遇而安、乐享晚年的心态。

一丛花·发小情

丁酉·秋

孩提无奈家窘穷，饥寒却情浓。
破衣不蔽童真体，草丛戏花絮蒙蒙。
追逐场圃，嬉玩洞壑，
何处觅去踪。

青山依旧夕阳红，南北灵犀通。
霞光尽染层林处，对酒当歌望苍穹。
同乐天伦，共享盛世，
潇洒乘东风。

解注：

这首词抒发了作者与儿时小伙伴之间纯真无邪的情感，表达了作者的一种怀旧情怀。

词的上片写作者孩提时代虽家境贫穷，但与小伙伴们整日嬉戏、追逐，玩耍于草丛、场圃、山沟是何等的快乐、友好。

词的下片写自己和小伙伴们如今岁至老年，各居一方，但心灵相通、感情依旧。相聚一起唱歌喝酒也是托盛世之福，享天伦之乐，潇洒度余生。

全词表现了作者珍重旧情、达观自乐的生活态度。

临江仙·教苑奇葩

丙戌·十月

躬耕教坛三十载，吐丝方尽欣然。
朝丝暮雪泪始干，丹心育桃李，谈笑凯歌还。

莘莘学子题金榜，报效社稷江山。
梅花香溢傲苦寒，英才辈辈出，
殊荣誉华川。

解注：

这首词作于2006年10月仁寿教育三十年长盛不衰庆典之时，此时作者即将离开主政仁寿教育之职。

词的上片写人民教师献身仁寿教育三十年，虽然“蜡烛成灰”“吐丝方尽”“青丝变白发”，但因“丹心育桃李”，所以无悔青春去、“谈笑凯歌还”。

词的下片写三十年来，仁寿众多的学子，寒窗苦读、不畏辛劳，在老师的培育下，不断考进高等学府，毕业后报效国家和人民。仁寿教育培养的英才代代而出，仁寿教育三十年长盛不衰的辉煌享誉全川，乃至全国。

全词表达了对全县人民教师的热情赞颂和崇敬之情，以及对仁寿教育三十年辉煌成就充满的自豪之感。

踏莎行·**咏长城抗战**

壬辰·夏·于忻口会战遗址

铁蹄狂践，烽火狼烟，晋察大地风云变。
国破家亡山河碎，华夏生灵尽涂炭。

娘子关陷，忻口血染，军民御寇决死战。
长城搏杀敌胆寒，斩倭何惧英魂断。

解注：

这首词描写的是 1937 年秋，中国军民在长城抗击侵华日军的英雄壮举。

词的上片写日本关东军南下侵占中国热河、察哈尔、山西等地区，野蛮屠杀中国军民，烧杀抢掠，无恶不作，大片国土沦陷。

词的下片写中国军队在长城一带英勇抗敌。“娘子关”“忻口”是抗日军民与侵略者殊死决战的战场，大批日军在长城抗战中命丧黄泉。

全词揭露了日军入侵中国大地的暴行，歌颂了中国军民在长城抗战中所表现出的英勇无畏的民族斗争精神。

“娘子关”，长城上的一个关口，位于山西省东北部。“忻口”，位于山西北部的一个军事要地。

御街行·**童趣**

乙未·初夏

溪涧桑田捉鱼忙，水湿裳，泥溅膛。
挽裤捋袖掏洞穴，可怜蟹鳝无藏。
日头高照，摇铃骤响，方知误课堂。

庭院幽巷戏飞仗，攀茅墙，匿草床。
风高月黑惊老者，搅得鸡鸣犬狂。
孩提无虑，童言无妨，何晓人惆怅。

解注：

这首词是一首描写自己儿童趣事的词作。作者通过对“沟田捉鱼”“院巷打野战”“茅屋捉迷藏”“月夜攀墙越屋”等儿童天真而又简单游戏活动的描写，表现了自己及同龄小伙伴们在儿童时代天真无邪、无忧无虑、快乐无比的生活情趣，同时也暗含了自己对人生成年阶段曲折艰辛生活的一些感慨之意。

阮郎归·三圣荷塘小景

癸巳·季夏

登楼开轩览荷塘，花红蝶舞忙。
遥闻彼岸亭台处，玉笛飞声扬。

鱼儿跃，清波荡，戏水鸳鸯成对双。
觅得最美闲情处，心清解愁肠。

解注：

这首词通过对“三圣花乡”荷塘景色的描写，抒发了自己的闲情逸致，表达了自己对闲静生活的热爱。

词的上片写荷塘的“荷花”“飞蝶”和楼亭处的“笛声”。

词的下片写荷塘的“水”“鱼”等。词句虽然不多，但却给我们描绘出了一个修身养性、赏心悦目、清新浪漫的最美去处。

天仙子·**泱泱大中华**

戊戌·孟春

一声惊雷乾坤扭，
东风万里拂神州，红霞沐染烟雨楼。
革旧制，踏潮头，
继往开来续春秋。

砥砺搏行四十载，
华夏崛起竞风流，逐鹿欧亚赛美洲。
国运兴，民富有，
泱泱中华耀全球。

解注：

这首词是纪念中国改革开放四十年的感怀之作。

词的上片写改革开放四十年间，中国从“拨乱反正”“正本清源”到“革除旧制”“探索创新”；从粗放发展到高端拓展，一代代领导人继往开来，不断续写中国改革开放的宏伟篇章。

词的下片写改革开放四十年后的今天，中国已是敢与欧美搏击的强国。国强民富，全球瞩目。

全词表达了作者对中国改革开放道路的高度自信，对四十年改革开放所取的巨大成就感到无比骄傲和自豪。

阮郎归·车行雷山

乙酉·八月

十八道拐上雷山，雾锁群峰间。
回望崖下道拐处，犹似入云端。

赶秋节、打八秋，苗人庆丰舞翩跹。
木楼阁处遍五谷，牛羊牧满山。

解注：

这首词抒发了作者乘车穿行雷山的观感。

词的上片描写雷山的高耸、险要及山间道路的崎岖；下片描写苗岭族人的风俗习惯及苗族人富庶的生活。

全词展现了苗族人民乐居高寒深山，勤劳质朴、积极乐观的品格，以及幸福美满的生活情态。

“雷山”，地处贵州省黔东南州的雷山县。

“赶秋节”，苗族人在立秋这一天集中“赶场”庆贺丰收，并设“秋场”，故称这一天为“赶秋节”。

“打八秋”，即“八人秋千”，是苗族人庆贺丰收时一种表演活动。

「下篇

歌咏桑梓

仁里寿乡之歌

张景华 词
胡晓流
杨兴舟 曲

1＝F $\frac{4}{4}$

优美、抒情地

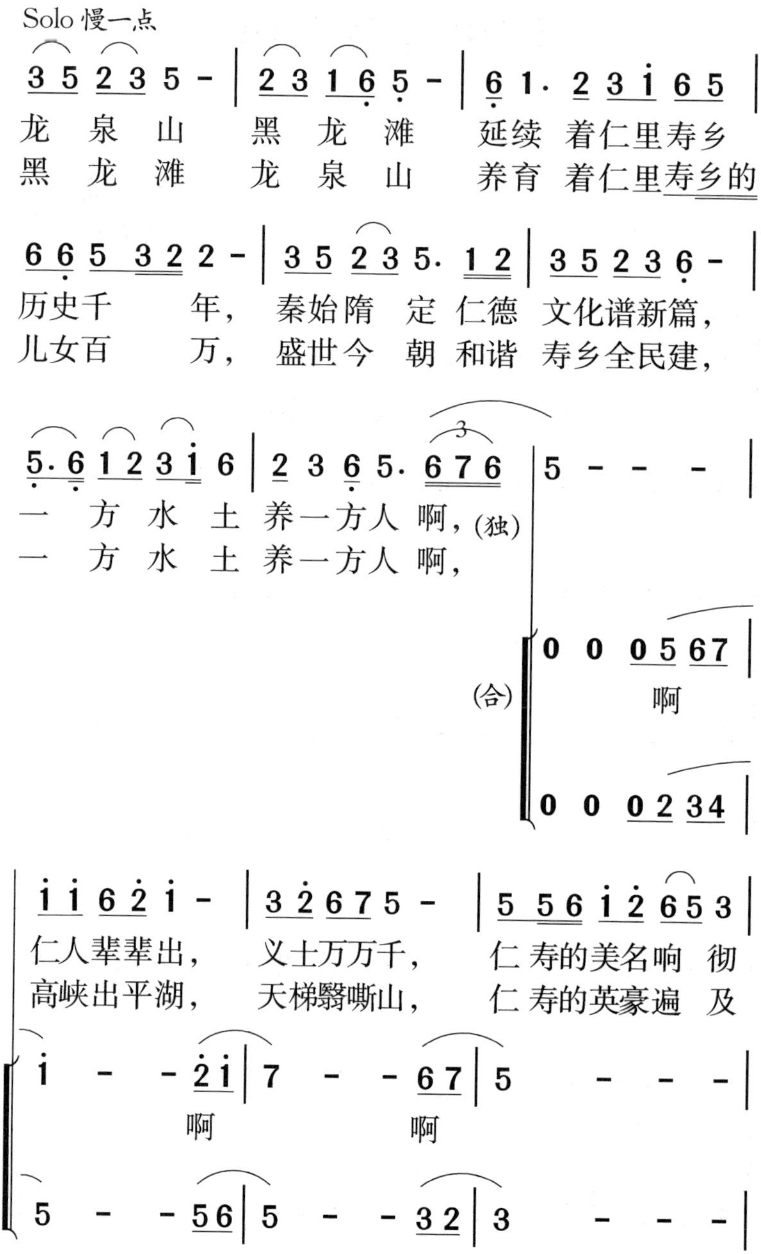
Solo 慢一点
龙 泉 山 黑 龙 滩 延续 着仁里寿乡
黑 龙 滩 龙 泉 山 养育 着仁里寿乡的
历史千 年， 秦始隋 定 仁德 文化谱新篇，
儿女百 万， 盛世今 朝 和谐 寿乡全民建，
一 方 水 土 养一方人 啊，
一 方 水 土 养一方人 啊，
(独)
(合)
啊
仁人辈辈出， 义士万万千， 仁 寿的美名响 彻
高峡出平湖， 天梯翳嘶山， 仁 寿的英豪遍 及
啊
啊

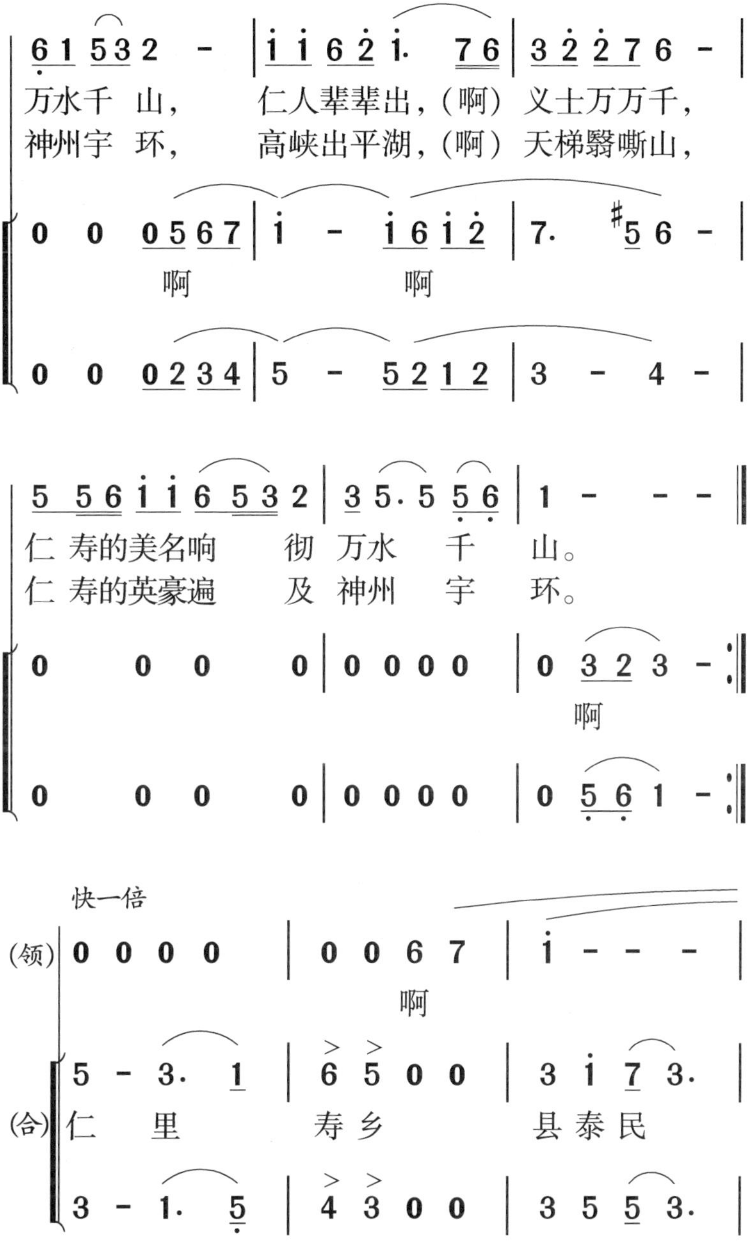
万水千 山， 仁人辈辈出，（啊）义士万万千，
神州宇 环， 高峡出平湖，（啊）天梯翳嘶山，
啊 啊
仁 寿的美名响 彻 万水 千 山。
仁 寿的英豪遍 及 神州 宇 环。
啊
快一倍
（领）
啊
（合）
仁 里 寿 乡 县 泰 民

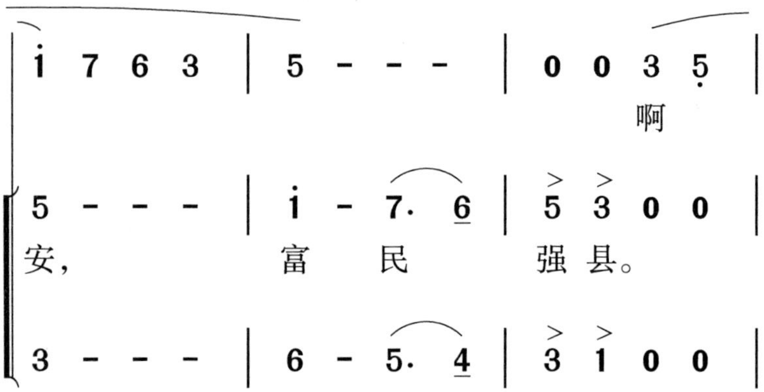

解注：

“仁里寿乡之歌”这首歌创作于2006年。仅从歌名来看，此歌便道出了仁寿是仁义之乡。仁寿历史悠久、人杰地灵、英才辈出、志士万千。古有南宋丞相虞允文，近有地质大师黄汲清，国画大师石鲁、冯建吴等，这些英才、名人，均出自仁寿这一方热土，他们是仁寿的骄傲，是仁寿仁义文化的精髓所在。“仁里寿乡之歌”这首歌，上段写仁寿辉煌厚重的历史，下段写仁寿跨越发展的今天。歌词穿越历史，气势恢宏、震撼力强；曲调优美、动听、悠扬悦耳、抒情味深。这首歌是对仁寿仁义文化的弘扬和传承，是对仁寿古往今来发展变迁的热情讴歌。

仁寿人

（男高音领唱、合唱）

张景华 词
胡晓流
杨兴舟 曲

1＝F $\frac{2}{4}$

铿锵有力、自信自豪地

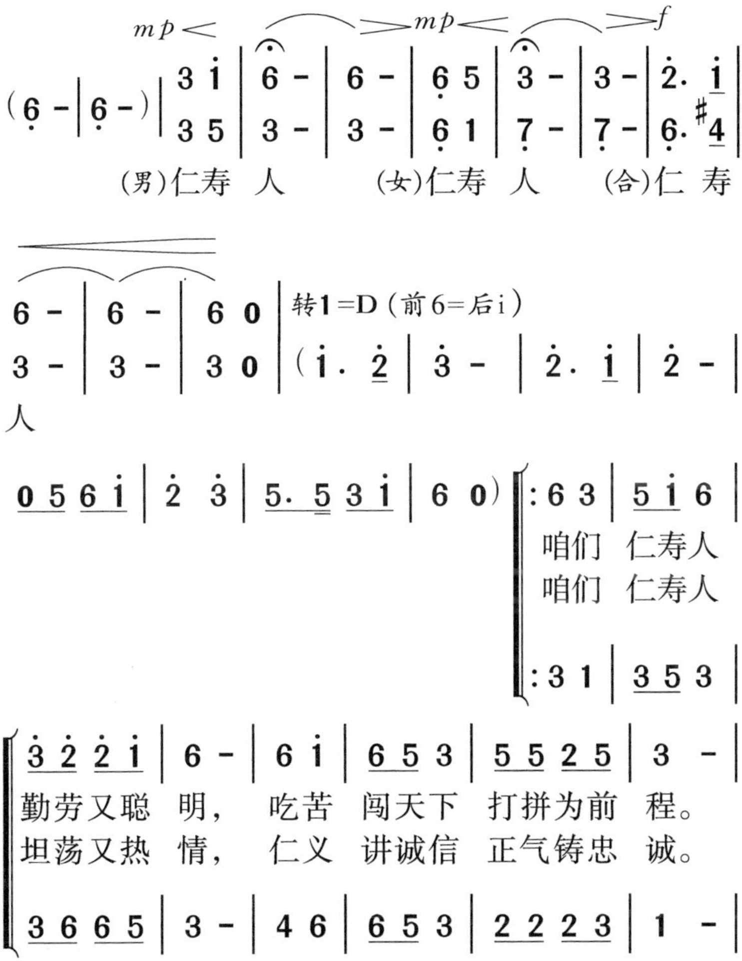

四海搏击风浪 挑战命运，五洲
同心同德奋勇 创新跨越 众志成城
建功立业长留美名。咳古往今来，咳嘀
绘制锦绣前程。咳古往今来，咳嘀
壮丽征程，咳嘀欣逢盛世，咳嘀勇敢攀登。
壮丽征程，咳嘀欣逢盛世，咳嘀勇敢攀登。
啊 仁寿人 仁寿人 俊杰
啊 仁寿人 仁寿人 仁义

解注：

“仁寿人”这首歌创作于2006年。上段写仁寿人的勤劳、质朴和勇于打拼搏击的顽强精神，下段写仁寿人的豪爽、坦荡、诚信、仁义的美好品质。仁寿人自古以来，尤其是改革开放以来的几十年间，北上京都，南下广深，东进苏浙，西拓新藏。从白山黑水到天涯海角，从世界屋脊到东海之滨，从迢迢丝路到大洋五洲。览祖国四方，觅全球各地，无处不留下仁寿人的足迹，无时不洒下仁寿人的血汗。“仁寿人”这首歌以通俗朴实的歌词，豪迈坚定的曲调，生动形象和深刻鲜明地揭示了仁寿人特别能吃苦，特别能创业，特别善打拼，特别聪明智慧的人格特质和精神品质，这四个“特别”正是对仁寿人精神的高度概括。这首歌，词曲铿锵有力、自信自强、鼓舞斗志、振奋精神。凡是仁寿人，无论走到哪里，只要唱起这首歌，就会找到乡情、乡愁、乡音，就会团结一心、众志成城、共创大业、共铸辉煌。

美丽的黑龙滩

张景华 词
胡晓流
杨兴舟 曲

1=G $\frac{2}{4}$

稍慢、抒情地

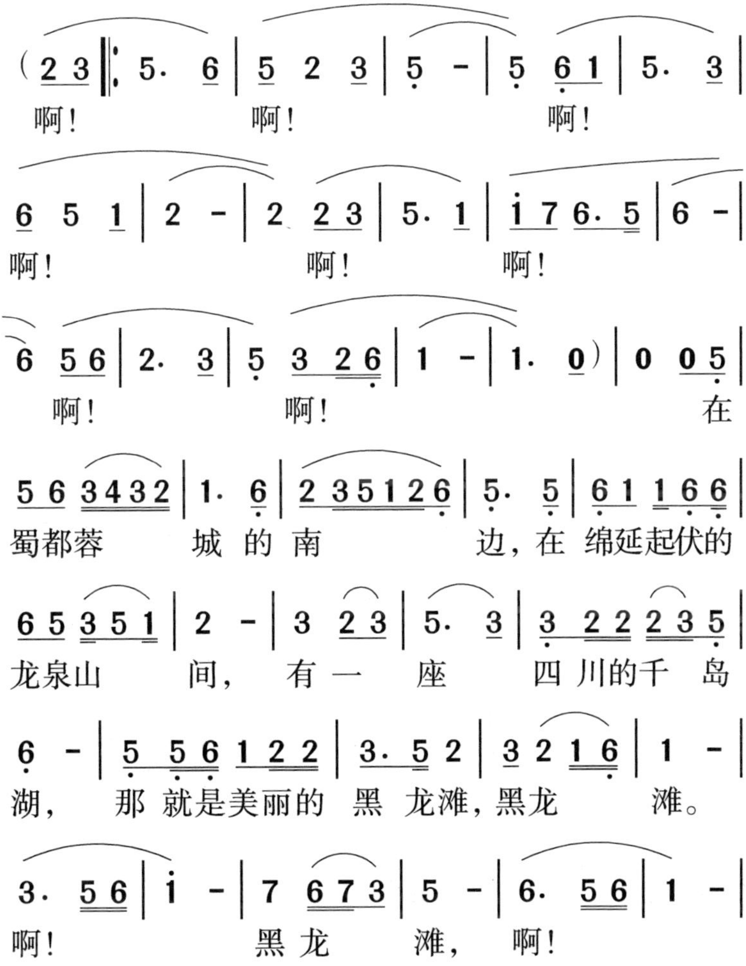

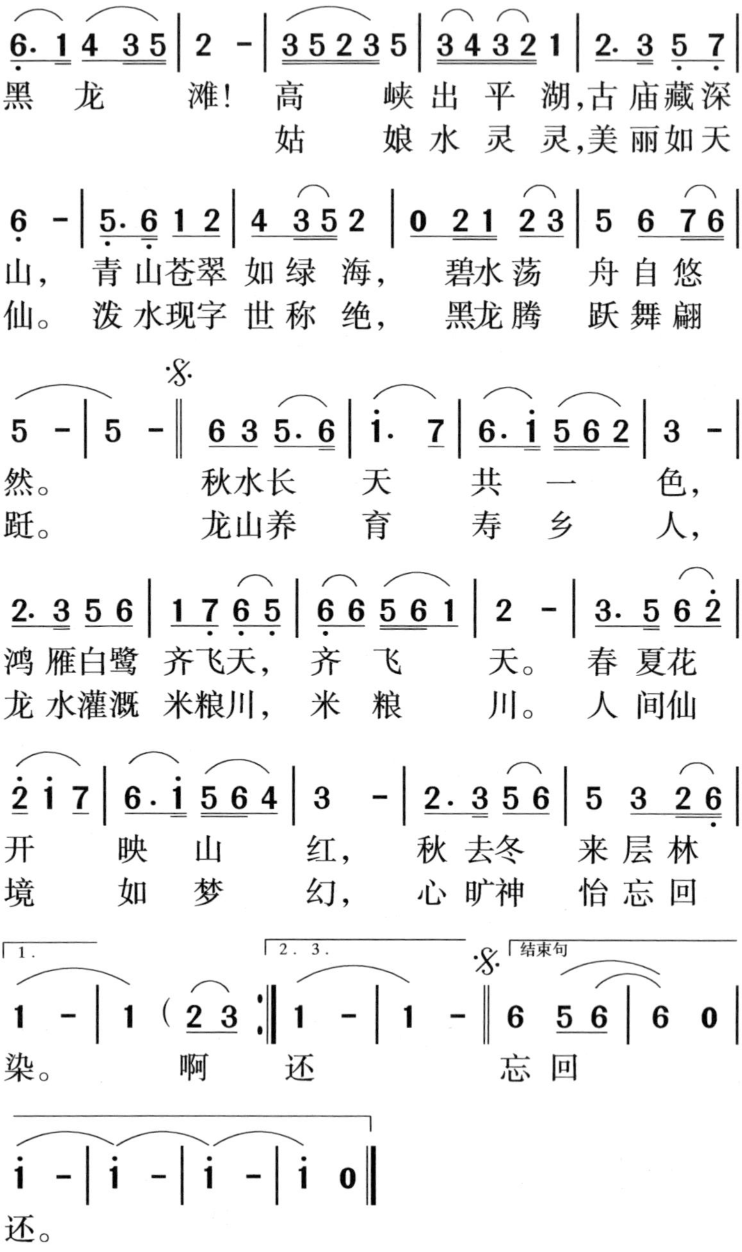
黑 龙 滩！高 峡出平湖，古庙藏深
姑 娘水灵灵，美丽如天
山，青山苍翠如绿海，碧水荡舟自悠
仙。泼水现字世称绝，黑龙腾跃舞翩
然。秋水长天共一色，
跹。龙山养育寿乡人，
鸿雁白鹭齐飞天，齐飞天。春夏花
龙水灌溉米粮川，米粮川。人间仙
开映山红，秋去冬来层林
境如梦幻，心旷神怡忘回
1. 2. 3. 结束句
染。啊 还 忘回
还。

解注：

“美丽的黑龙滩”这首歌创作于2006年。黑龙滩位于成都南面的仁寿境内，享有“四川千岛湖”“成都后花园”之美称。这首歌以写实的手法，通过对仁寿黑龙滩的处所位置，景区内的峡谷、碧水、青山、古庙、飞鸟、村姑、花束以及古今奇观等景物的描写，展现出一幅山美、水美、人美，幽静、清新、神往的画中仙境。歌词写景抒情、如行云流水。曲调婉转悠扬、优美动听。作为仁寿人，唱起这首歌，无不为家乡这片宝地感到骄傲自豪。作为外乡人，唱起这首歌，无不为这块水天一色、千岛苍翠的人间仙境感到神往和陶醉，畅游之意定会油然而生。

仁寿，我可爱的家乡

1=D $\frac{2}{4}$

♩= 65 抒情悠扬地

张景华 词
廖于友 曲

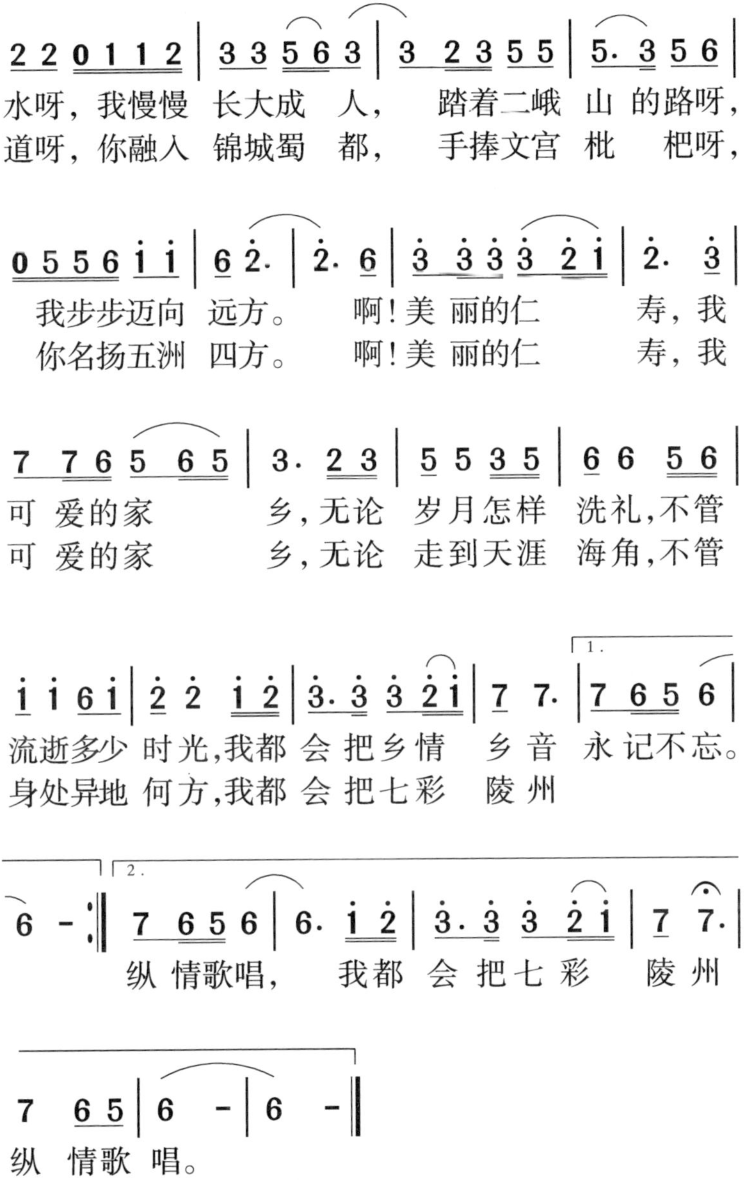
水呀，我慢慢 长大成 人， 踏着二峨 山 的路呀，
道呀，你融入 锦城蜀 都， 手捧文宫 枇 杷呀，
我步步迈向 远方。 啊！美 丽的仁 寿，我
你名扬五洲 四方。 啊！美 丽的仁 寿，我
可 爱的家 乡，无论 岁月怎样 洗礼，不管
可 爱的家 乡，无论 走到天涯 海角，不管
流逝多少 时光，我都 会 把乡情 乡音 永记不忘。
身处异地 何方，我都 会 把七彩 陵州
纵 情歌唱， 我都 会 把七彩 陵州
纵 情歌 唱。

解注：

“仁寿，我可爱的家乡”这首歌创作于2018年春。歌词以一位仁寿漂泊在外游子的爱乡情怀和视野为背景，描写了家乡仁寿浓浓的乡愁和改革开放四十年带来的辉煌巨变，突出了对家乡仁寿的“可爱”。

第一段，作者抓住“芝麻糕点”“抬工号子”“黑龙滩水”“二峨山路”等富有浓浓乡情乡愁的仁寿特色，抒发了对家乡仁寿的倾情热爱。

第二段，作者又抓住“湿地公园”“水体新城”“天府大道”“文宫枇杷”等富有现代气息的仁寿特色，生动地展现了家乡仁寿的跨越发展和巨大变迁。

最后三句，“无论走到天涯海角，不管身处异地何方，我都会把七彩陵州纵情歌唱”，更是把对家乡仁寿的热爱之情升华到极致。此外，整首歌的曲调抒情达意，旋律优美，悦耳动听，沁心润肺，能深深激发仁寿人的爱乡情怀。

歌唱飞泉山

1＝F $\frac{2}{4}$

♩＝65 抒情、豪迈地

张景华 词

廖于友 曲

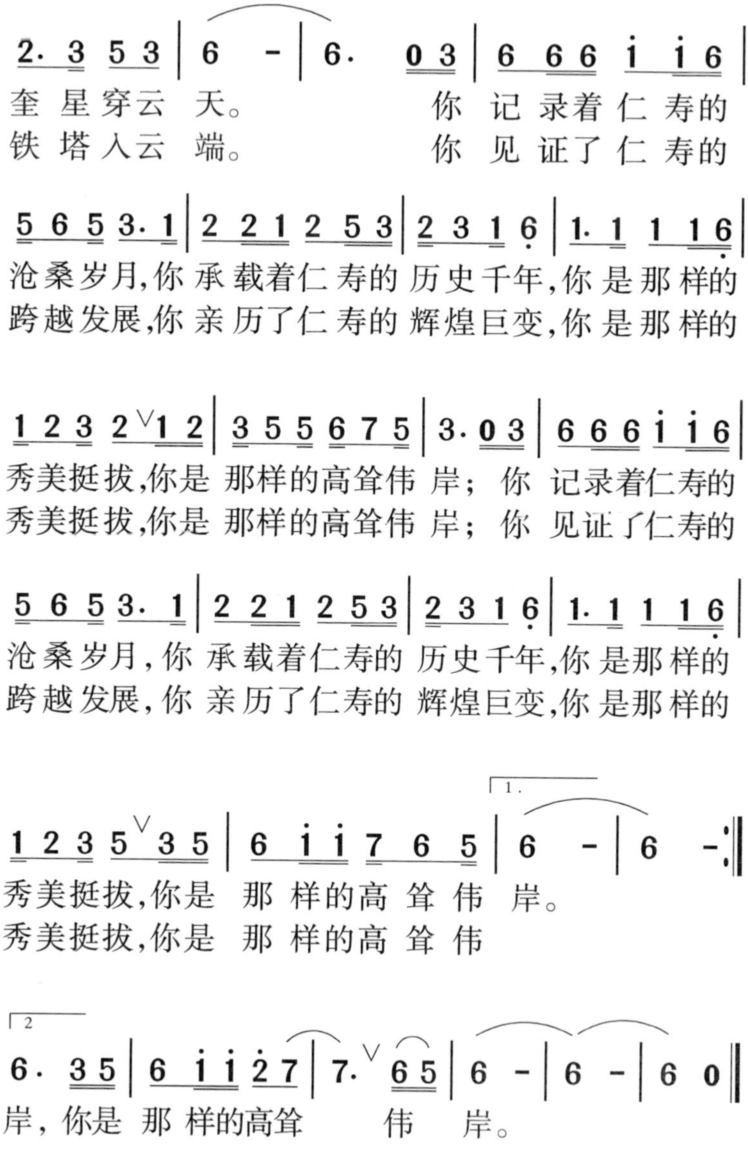
奎 星穿云 天。 你 记 录着 仁 寿的
铁 塔 入云 端。 你 见 证了 仁 寿的
沧桑岁月,你 承 载着仁 寿的 历史千年,你 是 那 样的
跨越发展,你 亲 历了仁 寿的 辉煌巨变,你 是 那 样的
秀美挺拔,你是 那样的高耸伟 岸; 你 记录着仁寿的
秀美挺拔,你是 那样的高耸伟 岸; 你 见证了仁寿的
沧桑岁月,你 承载着仁寿的 历史千年,你 是那样的
跨越发展,你 亲历了仁寿的 辉煌巨变,你 是那样的
秀美挺拔,你是 那 样的高 耸 伟 岸。
秀美挺拔,你是 那 样的高 耸 伟
岸, 你是 那 样的高耸 伟 岸。

解注：

“歌唱飞泉山”这首歌创作于2018年春。此歌借描写飞泉山，寄托人们对家乡仁寿的热爱和赞美之情。

上段通过写飞泉山的巍峨、古朴，暗喻仁寿的历史悠久，仁寿的文化厚重、典雅。作为仁寿人，唱起这首歌，定会引以为豪和骄傲。

下段通过写飞泉山的秀美、多彩和变迁，映衬仁寿的飞速发展和辉煌巨变。作为仁寿人，唱起这首歌，又会倍感幸福和美好。这首歌，词句简练、朴实，内涵丰富，韵味极佳；曲调豪迈抒情、悦耳动听、音韵醉人。

后　记

诗、词、歌是高雅的文化，又是高尚的艺术。古往今来的诗人、词人和歌曲创作者常常用诗、词、歌去感悟人生、抒发情感、表现生活、揭示命运、讴歌正义、鞭挞邪恶、诉说衷肠、描绘华章。

我爱读诗，但不甚懂诗；我爱写诗，但功底、积淀、技巧、手法多有欠缺；我爱咏歌，但不精通歌曲创作。《古韵今神》这本小诗册共收录了我近三十年来茶余饭后和闲静之时自创的一些小作，其中小诗 90 首、小词 25 首、小曲 5 首。写作这些小诗、小词、小曲，源于一种自娱自乐之好，形式及内容均较肤浅、平淡，故上不了大雅之堂，更谈不上有多少艺术价值。本人的这本小诗册中的诗和词，很多地方未严格按古诗词的平仄韵律去写，充其量也只能算是古风罢了。从主观上讲，主要是体现自己的一种爱好和更好地表达作品的思想内容和情感，从客观上讲实属自己功底尚浅，故请读者原谅。再说歌词创作，也只是一种尝试而已。

此外，在这本小诗册中，诗词的用语、内容及形式等，本人均感无多少独到之处，其表现手法、词韵底蕴和内涵等，总感平平。本人愿以这本小诗册求得同仁和诗词爱好者及广大读者共勉，以期引起大家的共鸣，故书中尚有不当之处，还敬请诸君雅正！

作　者

2018 年 8 月